मैं लड़ रही हूँ बचने के लिए

शर्मिला कुमारी

सन्मति पब्लिशर्स एण्ड डिस्ट्रीब्यूटर्स

ISBN: 978-93-88365-69-7

© शर्मिला कुमारी

प्रकाशक

सन्मति पब्लिशर्स एण्ड डिस्ट्रीब्यूटर्स

बी—347, संजय विहार,

मेरठ रोड, हापुड़—245101 (उ0प्र0)

website : www.sanmatiindia.com

email: sanmati555@gmail.com

मो. 8439645104, 7302710291

प्रथम संस्करणः 2019

आवरण

RETROTEK

अपनी बात

आकर्षण जो भीतरी धरातल पर सर्वत्र वर्तमान है वही प्रेम है। जीवन प्रेम की उच्चतर अभिव्यक्ति है। यह जैसे-जैसे संश्लिष्ट होता है विकसित सत्ताएँ प्रकट होती है। यहाँ जो सम्मिलन निहित है वही संघर्ष है।

दरअसल प्रेम ही संघर्ष है इसीलिए ज्यों-ज्यों प्रेम प्रगाढ़ होता है संघर्ष उत्पन्न करता है और विकास के साथ नयी अभिव्यक्ति संभव बनती है। ये मेरी प्रेम की कविताऐं है जो शायद आपको विभिन्न स्थितियों से परिचित करा सकेगी और जिसे आप प्रेम करेंगे, उसके लिए अच्छे से अच्छे के लिए संघर्ष भी करेंगे। विज्ञान, इतिहास, मनोविज्ञान, समाजशास्त्र, अर्थशास्त्र, दर्शनशास्त्र... सब उत्पन्न होंगे, विकसित होंगे और आपको विकसित होने में सहयोग करेंगे।

सब शास्त्र के मूल में जीवन है सहज सरल जीवन जो प्रेम है और इसका मैं अपना आभार प्रकट कर रही हूँ।

सभी सहयोगियों का आभारी हूँ

- शर्मिला कुमारी

अनुक्रमणिका

तुम आना

जिस रात
अंधेरा बहुत गहरा लगे
चन्द्रमा के बगल जब नीला तारा हो
तुम आना
तपती दोपहर
जब सब दरवाजे बन्द हो
लू भरी हवा हो
तुम आना
बारिश में भीगी धरती
उठ रही हो सोंधी महक
प्रतीक्षारत बीज की तरह
तुम आना
मैं तुम्हारी प्रतीक्षा करूँगी
उसी घने हरे पेड़ के मैदान में
घर से दूसरी सड़क के अंत में
तुम आना...

मैंने तुमसे

मैंने जबसे तुमको देखा

पाने का उद्वेग

सुनहरा सपना देखा

छोटी छोटी घड़ियों में

बड़ा बड़ा इंतज़ार किया है

कठिन क्षणों में आशा पायी

मैंने तुमसे

जीवन के उद्दाम वेग में बहा

समय की छोटी छोटी नौकाओं में

एक नया संसार रचा है।

मैंने तुमसे

मैंने तुमको देखा जबसे...

शिलालेख

उन्होनें पृथ्वी को नरक बनाया
जो मृत्यु को अवश्यम्भावी कहते रहे
उन्होंने पृथ्वी को नरक बनाया
जो मृत्यु को जीतने का संकल्प ले चले
यह पृथ्वी तो प्रेम से भरी है
यह पृथ्वी तो जीवन से परिपूर्ण है
यह पृथ्वी तो स्वर्ग है उनके लिए
जो सुन्दर से सुन्दर जीवन के कामी हैं
बहता हुआ समय बहता हुआ जीवन हैं
पृथ्वी एक गीत है बहता हुआ...

वसंत उम्र है एक

यह एक उम्र है जब

कड़कती ठंड गुनगुनी हो जाती है

यह एक उम्र है जब

हवा फिरती है बहकी बहकी

यह एक उम्र है जब

किसलय भरी होती है टहनियां

फूल मुस्कुरा उठते हैं

वातावरण उत्फुल चहकता हुआ

मन खुला खुला आखें स्वप्न भरी

उम्र के साथ होता है बहुत कुछ

एक उम्र होता है वसंत

वसंत उम्र है एक...

एक छोटी नदी

एक छोटी नदी है
ऊपर जंगल से आती हुई
प्यास बुझाती हुई
पेड़ों की चिड़ियों की
जानवरों की
कभी इसका पानी
पीया होगा एक प्यासे ने
एक रास्ता दिखता है यहाँ
प्यास ने बनाया होगा यह
संयोग से ही सही
मैंने भी अपनी प्यास बुझाई
और अब यह नदी
धीरे धीरे बह रही है मेरे भीतर...

ओ जिन्दगी

कल शाम मैंने देखा एक सूरज

दूर दूर जाता...झील की परछाई तक

और मेरे चारों तरफ

रात उतर आयी थी

मैंने देखी थी

जंगलों में फिरता पागल सा पवन

हर दामन से उलझ उलझ जाता सा

हर चेहरे में झाँकता

ठंडी आहें भरता सिसकता

दीवार के पीछे आसमान में उठाये हाथ

आस्था के दीप जलते हैं बुत के आगे

कोई फूल अकेला महकता है

घंटियाँ टुनटुनाती हैं

जब आ के कोई पूछता है हाल मेरा

गुनगुना उठती है हर दिशा

मैं क्या कहती...

फिर बचता है कहीं शेष मेरा कुछ यहाँ

शब्द जैसे रेल गुजर जाती है।

दूर से आती यह नदी

वहीं बांध में फँस जाती है।

दूर यहाँ बैठकर मैं देखती हूँ

चाँद की परछाई

तरंग..तरंग, प्रकाश, तनहाई

फिर गहन अंधकार अछोर

न आवाज, न प्रकाश, न कोई और

बस एक अज्ञात स्तब्ध

खो जाना सब शायद

जिन्दगी कुछ नहीं तो

एक दर्द तो दिया है तुमने...

शायद

क्या है मेरा अस्तित्व
कि धूल तक नहीं उठती
मर्यादा भरे पाँव चलने से
मेरी इच्छाएँ
तुम क्यों खड़ी नहीं हो सकी
दायित्व की बहुत मुलायम है धरती
कहाँ डूब गया मेरा अहंकार
सृजन का भार ढ़ोते ढ़ोते
मैं कहाँ जन्मी थी
पर यहाँ खड़ी हूँ
समुद्र के बीचों बीच प्रेम में
ज्ञान के साथ झुकी हुई
शायद इसी ने मेरा
छीन लिया सब कुछ
और इतना उर्वर बनाया है
प्रकृति को...

तुम मुझसे प्रेम करते हो

तुम मुझसे प्रेम करते हो

तो ये मिट्टी के ढेले लो

हवा के संग बह रही सुगंध

ठंडी नम हवा गंध

फूलों की, मिट्टी की, देह की

तुम मेरे चेहरे की ओर देखो

दृढ़ संकल्प के साथ

एक ढेला धरती पर फेंको

आकाश के रंग रंगा

सामने कितना सुन्दर झील है

चारों ओर की प्राकृतिक अभिव्यक्ति समेटे

मेरी आँखों में देखो तुम

दृढ़ संकल्प के साथ

तरलता में एक ढेला फेंको

वहाँ क्षितिज पर

आलिंगनबद्ध है पृथ्वी और आकाश

यह दृश्य अदृश्य मिलन

पकड़ो मेरा हाथ

तीसरा ढेला अन्तरिक्ष में फेंको

तुम मुझसे प्रेम करते हो

तो अब लो यह मिट्टी की....

चाह

मैनें यह घड़ा
यौवन के ताल में डुबोया
संभाल कर घुटनों पर रखा
दो चुल्लू उलीच दिया पहले
कि सिर पर रखते छलक पड़े न
मैं बाहर से भींग न जाऊं
सूरज देखता कहीं फिरे ना
उतनी सी यह देह मेरी
माँ
आशंकाओं से भरी बाट देखती...
मेरे साथ थी
उल्टे पाँव जन्मी आजादी
कमजोर बहुत
बिना सहारे चल नहीं सकती
और पहाड़ चढ़ना चाहती मैं
देखना चाहती हूँ कश्मीर दार्जिलिंग
तुषारपात शिमला का
माँ
जाती हूँ जाती हूँ....
बाबा हिमालय
मैं आकाश को छूना चाहती हूँ...

स्मृति

मेरी दादी ने

तीन बेटे और चार बेटियाँ पैदा की

और ढेर सारे स्वप्न

मेरे बाप सबसे बड़े

बढ़कर जुआ कांधे लिया

पैर गाड़े जमीन में

मेरी माँ ने

चाँदनी की चादर बुन

काली पृथ्वी को ढक दिया

मेरी माँ उन्मुक्त हवा सी

सूरज सी हथेली और

आकाश-सी गोद वाली

घर में घुसते ही

सुगंध चुनकर फूल फूल से

हृदय हृदय में उसने लगाया

एक एक कर निकाल दिया

दादी ने

वह जो उनको पसंद न आया

मेरी माँ अलग पड़ गयी

और जाड़े की रातें आयी

काली रातें

जिसमें मैं पैदा हुई

माँ का दिल चौगुना हो गया

बाप ने मुझे पगड़ी टांकी

पर दुनिया..?

मेरी माँ ने

मेरे कारण बहुत सहा...

यह कैसी व्यवस्था है

बादलों को छुआ मैंने एक दिन

भींग गई पूरी तरह

आसमान को छुआ मैंने एक दिन

शरीर आभादीप्त हो गया

दौड़ते दौड़ते मेरी साँसें तेज हो गयी

शरीर सुगंध से भर उठा

यह कैसी व्यवस्था है

कैसा परिवर्तन हो रहा है

मेरी नजरों में

छोटी पड़ती जा रही है दुनिया

खुल कर साँस भी नहीं ले पाती

इतनी छोटी जगह

इतना चाँद तारों की भीड़ ..

थोड़ी देर आराम करने का भी एकांत नहीं

और गुजारनी है यहाँ

जिंदगी इतनी लम्बी ....

पुकार

एक हल्की थाप थी

गूँजती रग रग ....

और विलीन हो जाती

दीवार पर गिरती बूँदो-सी

या पानी में गिरती ...

पर कितना अन्तर हो जाता है

अस्तित्व के खो जाने में भी...

भौतिकता की स्थिति में भी

एक सिहरन जो उठी देह में

और गन्ध जो दूर तक फैल गयी

तुम्हारी आवाज जो पड़ी कानों में

और यह बदलाव .....घटता..

मन के कल्पनालोक में ....

देह की पुकार

वातावरण की स्निग्धता

धीरे -धीरे डोल रही डाली पर .....फूल...

यह कैसी पीली है भोर ....डग-डग बढ़ती

लालिमा की ओर ..

उजले चादर में ढकी.....काली देह छुपाये

जिसने मुझे हिलाया .....अनुकूल..

कहाँ हो ....कहाँ हो ओ,रचयिता ...

यह देह

स्लेटी श्याम धूसर

बादलों वाली चाँदनी रात -सी

यह सुकोमल देह थी मेरी

जो रोक लेती हर बार

विलय की चाह

सिमट जाते सब प्रयास..

पर सारी सम्भावनाएं यहीं से

यही से शुरू होती एक सृष्टि की राह

सकल ब्रह्माण्ड की सब रचनायें

विविध रसायन..संवेदनाओं भरी

अद्भुत ....यह देह थी

कारण साकार

ज्ञान सकल, क्रिया सकल

सकल सम्भावनायें ..सब अथाह

सुचिकन घट विभिन्न रंग रंगा

महत आकर्षण भरा........

कालिमा जहाँ तहाँ सुघनित उर्जा

असीमित आकर्षण...

एक कालाविवर सघन

देश काल एक बिन्दु

विचार तक न बच पाते जहाँ

प्रसार फिर, फिर प्रसार लगातार

एक काली विकराल

धधकती ज्वाला सँभाले

लपलपाती जीभ...चाटती बीज..सृष्टि का क्षय..

संघर्ष .... सृष्टि के लिए विजय..

महत अज्ञान में घटता समय ....चाह...

जहाँ से शुरू होती एक सृष्टि की राह...

शब्दों से बातचीत

यह निश्चित लक्ष्य का सफर हम

तय कर रहें हैं अनिश्चित राह पर

भटकते हुए

अभी तो दूसरी शाम ही ढल रही है यह

वह सुबह भी नजदीक है ये आशा नहीं

कुछ नहीं रात की आवाज के सिवा

सामने है अभी तक कुछ भी नहीं

तुम वहाँ बैठकर आह वाह न करो

यह जिन्दगी की लड़ाई है तमाशा नहीं...

मैं उसी के साथ आयी

एक लहर जो लौट गयी / आकर किनारे

बस थोडी गीलाकर गयी/ भीतर हमारे

एक बीज अंकुरित कर गयी

एक नया सपना धर गयी

और अब बेचैन करती धूप में

तिलतिलाते हैं मेरे अरमान सारे

और अब मैं देखती इतिहास अपना

टुकड़े टुकड़ो में बटा अस्पष्ट था जो

दिखते हैं मेघ वे सुदूरजाते

और ये हहकारता विशाल सागर

एक लहर जो लौट गयी आकर किनारे

मैं उसीके साथ आयी थी यहाँ तक...

भविष्य में

मैं औरत हूँ
और मेरे साथ है अतीत के निशान
जो समय से बड़े हैं
मैं ही हूँ वह बिंदु
जहाँ समय भी ऋणात्मक हो जाता है
लोलक के समान गतिमान
ब्रह्माण्ड बिंदु में सिमट जाता है
एक कण हो जाता है ब्रह्माण्ड
और क्षय तथा निर्माण एक साथ एक दिशा में
मैं ही सृष्टि हूँ, मुझ से ही है सृष्टि
भौतिक अभौतिक सब
विज्ञान की सीमा से बहुत आगे
फिर भी मैं यहाँ हूँ वर्तमान में
भविष्य के निर्माण के लिए, निर्माण में,
और मैं ही भोगती हूँ सब बदलाव
बदलाव के लिए
और मैं ही माँ हूँ ..सब के बाद शेष.
भविष्य में.....भी...

अनुभूति के बीच

सूरज डूब रहा है

डूब रहा है उगने के लिये

कल का सूरज नहीं होगा वही जो है आज

कल और आज क्या है अन्तराल मात्र...

कि सूरज ने बनाया जो चक्का

उर्जा को पदार्थ में बदल

उस नौ तरह की गतियोंवाले चक्र का अर

छवि सतरंगी

सृजन और क्षय का बदलाव

भीतर के बदलते परिपेक्ष्य

क्या ठहरा जा सकता है यहाँ

सागर के द्वन्द के बीच

सूरज डूब रहा है सागर के उसपार जैसे

धरती और सागर के बीच खड़ी हूँ मैं

प्रकाश जा रहा है

आ रहा है अंधकार

प्रक्रिया और परिवर्तन...

विचार की भी होती है अलग-अलग दिशायें

स्पष्ट और अस्पष्ट...

क्या हम हर क्षण अज्ञात से ज्ञात में बढ़ते हैं

अपने से दूर बहुत कुछ छोड़ देते हुए

असंख्य सूरज को ओझल छोड़ देते हुए

मेरे भीतर की लहरें पूरी शक्ति से उठ रही है
जैसे सागर समेटना चाहता है सूरज को
जैसे पृथ्वी पाना चाहती है सूरज को
लब्धि और इच्छाऐं
गतिशीलता के बीच ठहरा जा सकता है
उगती अनुभूति के बीच
विमुग्ध मैं देखती
स्वर्णिम क्षितिज पर थके उँघते सूरज को
लौटते हुए...

कोई बताता नहीं

हवा के हर सरसराहट पे सिहरती
दीवार पर नीम की छाया थी जहाँ
अविचलित अप्रभावित टिका
पेन्ट से बना पेड़ है वहाँ
मैं अपने अन्तर को छूकर देखती हूँ
कहाँ सिहरन है और दर्द है कहाँ
अब पता नहीं चलता है
कब धूप चढ़ती उतरती है
सिर्फ सुबह होती है
सिर्फ शाम ढलती है यहाँ
सुनती हूँ बहुत तेज रफ्तार हो गयी है जिन्दगी
कोई बताता नहीं यह जा रही है कहाँ
लू के थपेड़े और मरीचिका है
यह अजीब सा मंजर है सामने
धीरे धीरे मिट रहे हैं सारे निशान
और अभी तो सूरज सर पर न पहुँचा है
प्यास बढ़ती जाती है कि धुंध बढ़ती जाती है
और अब ये हालात है यहाँ...

यह सब

ये मेरे स्वप्न की परछाइयाँ हैं

परिवेशी धूप में तेजी से बढ़ती

नये संसार को छूती हुई...

यह मेरा कल है ..

खाली हाथ दौड़ता पीछे पीछे

रात के उस छोर से आता..

इधर कोलाहल कुछ है मगर

मेरे हाथ ऊन-सलाईयों में उलझे

मेरा मन अभी लौटा नहीं है

बहुत सारी पगडंडियाँ हैं अगल बगल

सड़क के पेड़ो से पर अभी

मेरी पहचान पक्की नहीं है..

सुबह के आँगन बैठी मैं

इस नयी हवा के साथ

सुनहरी परछाईयों से घिरी...

चाँद

कितना सुन्दर

सागर से नहाकर निकला

एकदम तरो ताजा है

मैंने पिछली बार सुर्ख लाल देखा था उसे

आशंका की बू से भरा

थका घर लौटता हुआ

पर जब पृथ्वी के सबसे निकट होता है

कितना प्रफुलित बड़ा हँसता हुआ चेहरा

माँ की गोद में किलकता सा

और महीने में दो बार पूर्णिमा को

मिलने आता है यहाँ जब विशाखा से

चेहरा एकदम नीला पड़ा होता है

क्या समय से इतना डरता है

कि प्रजापति से   ...

हलाँकि देखा है बदलियों से घिरा उसे

पर अनुद्विग्न

पार करता रहता है काले काले पहाड़

मैं बार बार चाँद को देखती हूँ

महसूस करती हूँ

और एक सम्बन्ध उपजता है

बेटा, भाई, मामा, परदेसी पिया....

पृथ्वी का बेटा, पृथ्वी का भाई

सूरजकुल का ..पर सौम्य शान्त
मैं तो अपना कुल चन्द्र ही बताऊँगी सबको
मेरा मन हृदय चाँद..
मैं चाँद की बेटी ..चाँद...
धरती की पुत्री...धरती में समा जानेवाली..

एक चादर

वह अपने लिए
एक चादर चाहता है
छब्बीस जनवरी की धूप सी
जो जाड़े में रहे गरम
और गर्मी में बचा सके गरम हवा से
माँ की गोद की तरह
कि रात में और दिन में भी ओढ़ी जा सके
और सब कोई ओढ़ सके जरूरत बेजरूरत
जो जीवन में सुविधा भी दे
और समाजिक प्रतिष्ठा भी
आदमी जो चाहता है....
वह चाहता है एक चादर
अपनी गाढ़ी कमाई से ठीकठीक दाम में
जिसके धागे हों मजबूत, कि टिकाऊ हो
जिसका रंग हो गाढ़ा, कि जल्दी गंदा न हो
उसने खोजा बाजार की दुकान, सब दुकान
उसने एक कठिन प्रयास का काम चुन लिया
आज के लिए
आज सब खरीदते हैं चीजें
सुन्दर, उपयोगी, लाभदायक
विज्ञापन, स्थिति, पसंद से
पर उसने यह क्या सोच बना ली है
वह चाहता है
बहुत सुन्दर, गंदा न होने वाला, टिकाऊ
आदमी के अनुकूल, सुरक्षित, सबके लिए हो /ऐसी चादर..

वह शाम

उसने खरीदी एक सुन्दर चादर

चारों ओर बेल-बुटी थी फूलों सहित

ताजा महक उठने वाली

बीच में राधा कृष्ण की मूर्ति

प्रेम में गहरे डूबी विभोर

छोटी पर चौकोर

मन को खुश कर देने वाली

पर यह दीवार पर टाँगने वाली थी शायद

और वह ओढ़कर निकल आया था बाहर अनजाने

उन लोगों के बीच

वह शाम

और ठंडी हो गयी थी वह शाम...

यहाँ से भी

यह फुहार थी
जो आयी थी देह तक
पूछा – "तुमने पहचाना
मैं लौटती हुई नदी हूँ"
मैं स्तब्ध निर्निमेष

हृदय उमड़ पड़ा
थोड़ा झुक
पेड़ ने हाथ बढ़ाकर पूछा
"पहचाना तुमने
मैं लौटती हुई नदी हूँ"
मैं स्तब्ध निर्निमेष

बाँहे उमड़ पड़ी मिलने को
मैं बह चली पृथ्वी के साथ
सिमट आया विस्तार
आकाश ने धीरे से पूछा
"पहचाना मुझे
मैं लौटती हुई नदी हूँ"
समय पीछे लौटता
लहरों को छूने में लग गया
मैंने सारा दुख
समुद्र को समर्पित कर दिया
और प्रवाह ले बढ़ी चुपचाप
और नदी ने कभी नहीं जाना
कि वह चल रही है
कि वह ही नदी है...

प्यार का इंतजार है

हमारा घर बहुत छोटा पड़ता है

प्रकाश तक के लिए

और बाहर भय का साम्राज्य है

हालाँकि जनवरी है यह है

पर सूरज निकलता है पीला पीला

और दोपहर कुहरा पसर जाता है

शाम गहरी ठंड डूबी

और रात तारों भरी ओस वाली

अजीब है बदलाव सब

अजीब सा परिवेश

अजीब से लोग

हर तरफ से सूचनाएँ भयानक

हालाँकि मंगल और बृहस्पति पर

जा रहें हैं रॉकेट

पर विज्ञान कितनी छोटी नौकरी करता है

लाचार है धरती

और मैं अभी भी सुख की आशा रखती हूँ

यह जनवरी है

मार्च का इंतजार करती

सबसे जवान समय

उर्जावान, मादक

हमें स्वतंत्रता प्यारी है

और प्यार का इंतजार है
कि सृष्टि प्रवृति है प्रकृति की
और संरक्षण परिवेश का सामूहिक कर्तव्य
हम सतत संघर्ष का परिणाम
आगे बढ़ते और बचाते हुए बचते हुए
और हम बचा रहे हैं उनको भी अपनापन में
जिन्होंने कुछ बचने नहीं दिया अपने तईं
यह जनवरी है
लम्बी रात की तरफ बढ़ती हुई
दौड़ते भागते ठंड वाली छिपती निकलती
और हमारी चादर छोटी है...
पर मैं अभी भी सुख की आशा रखती...

यहाँ से देखना यह

एक समुन्दर
उत्ताल लहरों भरा
और किनारे लेटी
साथ-साथ बहती
पर टूटती नहीं रेत
सीप जो रेत को
तब्दील करता है मोतियों में
स्वंय रेत बनता धीरे-धीरे
हवा धारियाँ छोड़ती जहाँ
एक ज्वालामुखी है
इस अथाह जल के अतस्थल
जहाँ से शुरू होता जीवन
जिसकी गरमी घुलती है
हवा में धीरे-धीरे
इतनी सी जमीन
जो ली थी तुमने
रखने के लिए एक समुन्दर
वहाँ बसने लगा था आकाश
जिसे रेत ने उठा लिया था गोद
और सारी पीड़ाओं के साथ
किनारे रही लेटी
साथ-साथ बहती /पर टूटती नहीं
यहाँ से जानना पाना
यहाँ से देखना यह
यह जीवन अपना...

आकाँक्षा

एक स्वस्थ सुन्दर वृक्ष

जिसकी जड़े हमारी देह में है

जिसमें खिलते हैं सुन्दर फूल

और मैं इंतजार करती हूँ

कि मुझ पर ही झरे

और वे ऊर्जाएँ ग्रहण करते रहें हर पल

ताकि मैं पाऊँ उनके फल

मेरी महत्तर आकाँक्षा

जीवन की पूर्णता में

मेरा सम्पूर्ण अवदान...

यात्रा की शुरूआत नहीं है यहाँ

दो बाँहें उठे हैं आकाश में
सामने
मन्दिर का दो अर्द्ध गोलाकार मस्तूल
दिखता है पहाड़ की चोटी पर
नीचे जमा हरियाली में
खड़ा है बादलों का प्रतिबिम्ब
चमक रही है आश्विन की धूप
कटे खेत चमक रहे हैं चारों ओर
धीरे धीरे नीचे उतर रही है
एक गुलाबी लकीर बीचों बीच
एक जीवनस्रोत का यह रूप
हालाँकि अनुर्वर नहीं है यह धरती
तेज रफ्तार ने मिटाया है बहुत कुछ यहाँ
पर संभावना की पड़ी है डोर जगमग
डोलता अंधेरा धूप
इंतजार है समय का
पूरी उर्वरा के साथ
ढूँढती वह एक अपेक्षित संतुलन
यह पारसनाथ है
बगल में लेटी है पगडंडी
जहाँ से पार्श्वनाथ की यात्रा शुरू होती है
हलाँकि यात्रा की शुरुआत नहीं है यहाँसे
एक यात्रा की शुरूआत संभव है यहाँ से...

आशा

सूरज सागर की लहरों में
डूब उतरा रहा
प्रफुल्ल आकाश दमकता
सन्नाटा हट गया पीछे
जगन्नाथ मंदिर पर खुदे चित्र
खोल रहे हैं "आँखें / सदियों" बाद
सुखद ठंडक है चारों ओर
कोणार्क
धर्म, अर्थ, काम
स्थापत्य, संगीत, नृत्य
खोज, युद्ध, प्रेम...
बिछी है अगवानी में
सूरज की प्रथम किरण
कंचनजंघा पर दीप्तपीतिमा उतर आयी है
समुद्री तूफान, अकाल और रत्नों की भूमि पर
हरे हो रहे हैं नारियल के पत्ते
हम नींद से बाहर आ रहे हैं
हम खोयी, नष्ट की गयी संस्कृति के नहीं
सतत जीवन-धारा से उद्वेलित लोक
हम रचयिता
हम नींद से बाहर आ रहें हैं
निकल रहे हैं बाहर
धुंध छंट रहा है लगातार
अंधेरा हट रहा पीछे
हम सूरज और समुद्र के सामने खड़े हैं...

यही सच है माँ

माँ वे लोग
वे पड़ोसी गिद्ध सब चले गये
हलाँकि कुछ नहीं लिया था
जंगलों से उन्होंने
पर जंगल कटने से
सबसे संकट में थे गिद्ध
उनका आश्रय छिन गया था
परिस्थितियों से संघर्ष करते
खो गये, खत्म हो गये
मुझे याद आते हैं माँ वे
जब मरते हैं जीव
और मैंने देखा माँ
पीड़ित जर्जर मरे बैल को
गिद्ध नहीं
खा रहे थे कुत्ते
एक दूसरे से लड़ते
यह सच है माँ
यही सच है
और ये ज्यादा खतरनाक हैं
ये कमजोरों को मार भी डालते हैं...

इस दुःख में

एक क्षण तो हो उदास

क्षण भर तो देखूँ लुढ़कता

आँसूं के दो बूँद

मैं चीख की उम्मीद लिये नहीं हूँ

इस विषम परिस्थिति में

पर एक बार तो देखूँ

सर्द रात में उधारे खड़े चेहरे सा दर्द

मृत्यु तो प्रकृतिक भी हो सकती है

और चुनौती भी या प्रश्न

पर दुख सिर्फ दुख होता है

अपनापन जितना गहरा होगा

उतना बड़ा होगा दुख

दायें हाथ के चाकू से

कट गया बायां हाथ

कसूर निर्धारण से क्या होगा

इतने सालों में सीखा है जो

संवेदना वही तुम्हारी, काम आयेगा

करुणा का वह हिस्सा

जो उद्वेलित कर सके

नहीं चाहती रोते गाते

गुमसुम चेहरा लटकाये शोक मनाते

आकर मुझे दो सांत्वना

घटना का तथ्य या दर्शन समझाओ

सारी दुनिया का हाल बताओ

(रखो इन्हें दुख के हल्का होने तक)

आओ तुम चुपचाप एक अपनापा लेकर ...

साथ खड़े हो जहाँ कहीं से

हाथ धरो मेरे कंधों पर

पकड़ो मेरे हाथ /सटा लो सीने अपने

प्रेम भरा स्पर्श पीठ पर दो

बस इतना ही काफी है तुम साथ रहो

इतना सा ही काफी है

फिर मैं सब सह लूँगी

इस दुख में भी कोई तो है अपने पास...

ऐसे भी खत्म होती है चीजें

मैंने उस चींटे को

गीली जमीन से

जिस पर पानी में फँसा परेशान था

उठाया और सूखे में रख दिया

पर वह यहाँ परेशान दिखा

शायद चोट लगी

शायद स्वाभिमान ने इंकार कर दिया

शायद यह सुखद नहीं था उसके लिये

मैंने उसे थोड़ी सी चीनी दी

उसने थोड़ा चखा जरूर पर भागा

शायद उसे यह पसन्द नहीं आया ..

हालाँकि चींटे चीनी बहुत पसन्द करते हैं

मैं उसका दर्द दूर करना चाहती थी

मैं उसको सुविधा पहुँचाना चाहती थी

मैं उसे अच्छी व्यवस्था देना चाहती थी

मैंने उसे सहलाया

पर उसे मर गया था पाया

यह हमारे ज्ञान का अहंकार था

यह हमारी अविकसित संवेदनशीलता थी

यह हमारा विकसित होने का गर्व था

यह हमारी अपनी व्यवस्था थी

जिसे हमने सबके लिये समझा

जिसने मुझे लाया यहाँ तक

पर अब हम क्या कर सकत थे

अफसोस के सिवा

क्योंकि आगे कुछ करना हमारे वश का न था

यह अपराध था

कि मैंने प्रकृति को बदलना चाहा

विकसित करने के बदले

इसे.अपराध ही कहा जाना चाहिए

स्वीकार किया जाना चाहिए...

समाधिलेख

मृत्यु उतनी भयंकर नहीं है
जितना अज्ञान क्रोध हताशा
जितना परिणाम
स्मृति एक लम्बी यात्रा
इस कब्र में सोयी है एक औरत
औरत जिससे बलात्कार किया जाता रहा
मर्यादाहनन के लिए
अंधकामपिपासा में
पैदा करने के लिए दोगली पीढ़ी
वे इतिहास के रचियता थे
जिन्हें भ्रम था अपने बारे में
जिन्हें कश्मीर की धरती
और बिहार की धरती कभी एक न लगी
जिनकी सम्वेदनाएँ अविकसित थी
सत्ता ने जिन्हें मदान्ध कर दिया था
एक ऐसी जाति जन्मीं
वह जो राग में, द्वेष में
सम्मान में, अपमान में
जीत में, हार में
सुख दुख के साथ याद की जाती रही
और रौंदी जाती रही
शिकार रही हिंसक काम का, कामना का

संहार के दुख का
जो गुस्सा, अशिक्षा, हताशा का शिकार रही
सहती रही यातना
और सबके बावजूद समर्पित रही
सृष्टि के प्रति

इस कब्र में सोयी है एक औरत
जो आत्महत्या से ज्यादा पसन्द करती थी
आततायियों के विरूद्ध संघर्ष
सुविधा नहीं अर्जन
सुधार नहीं बदलाव चाहती थी
उन्होंने हत्या कर दिया उसका
क्योंकि स्थितियों में ज्यादा बदलाव न था
न सोच में ज्यादा परिवर्तन
न आततायी कमजोर हुए थे
और उसके पक्ष में सिर्फ..
सहानुभूति में..
भयभीत, विलाप करने वाले खड़े हुए ..

लाचारी के साथ

नींद से भारी हैं पलकें
आँखों में इन्तजार भरी है
बहुत गरम है दोपहर
बच्चें अभी तक लौटे नहीं हैं
समय दहशत भरा है
बीमार विश्वास कराहता
बदहवास दौड़ती भीड़
अनजानी सुरक्षा की दिशा में
करना चाहिए होना चाहिए
शिकायतों से भरे हैं लोग
करते हुए सा कुछ नहीं
अविश्वास लाचारी से दबे
फुसफुसाहट चीख कोलाहल
कोई स्पष्ट सी आवाज नहीं
एक भयानक दुःस्वप्न है गुजरता
और कुछ वश का **नहीं**
ये कैसी हालत है
ये कैसी नींद की लाचारी है...

संदेश

मैं तुम तक भेजना चाहती हूँ

अपना संदेश

हवा से कह दूँ

किसी पक्षी से

बादलो को भेजें

आज तो कोई विश्वसनीय न रहा

किस हृदय में है प्रेम

ये भटकाये जा सकते है

पकड़े लूटे मारे

कोई भी सुरक्षित नहीं रहा आज

यहाँ तक की कोई वाहन

या यात्रापथ ही

पहाड़ों में रख दूँ

उग आये पेड़

निकल पड़े झरना

फैल जाये कण कण में

जीवन जीवन में

स्वर रूप गंध स्पर्श दृश्य बन

एक सुन्दर दुनिया खिल उठे

पा लोगे तुम

मैं तुम तक भेजता चाहती हूँ...

मुझे यहीं रहने दो

लाभ हानि
पाप पुण्य की तरह है
और यह विकास ह्रास
जीवन मृत्यु की तरह
सत्य नहीं हैं ये —प्रेम की तरह
प्रेम में
न अधिकार है न असुरक्षा
न अविश्वास न अकेलापन
न समय न सीमा न रूप
यहाँ तो है
नाना प्रकार के जीवन
नाना प्रकार की मृत्यु
देश काल में
अनन्त अभिव्यक्तियों में
हर हथेली पर चमकता सत्य
मुझे अलग रहने दो
अपनी इस दुनिया से
मुझे बस प्रेम में जीने दो...

बढ़ रहीं हैं दूरियाँ कुछ बात करो

ओ मेरे प्रियतम......

दिल तो तेरी याद पे ही रीझ जाता है

मन चाहता है पास बैठो बात करो

तुम मेरे साथ हो ये तसल्ली कम नहीं

अच्छा होता पास रहो बात करो

मैं तुम से कहूँ ये अजब जमाना है

तुम अपनी दुश्वारियों की बात करो

आओ इधर छाँह में गुजारें दो पल

और तुम बदलते मौसमों की बात करो

आस एक दिया है टिमटिमाता हुआ

आँधियाँ बहुत तेज है कुछ बात करो...

यह भी सच है

कुछ कर रहें हैं कुछ हो रहा है

सब जैसे एक स्वप्न सा चलता है

कभी चुप्पी बोलने लगती है

कभी दरवाजे पे थाप पड़ती है

एक अजीब सी प्रतीक्षा रहती है यहाँ

कान कुछ सुनते है मन कुछ कहता है

चारों तरफ फैलती व्याकुलता में

हवा का एक झोंका सा आता है याद

यहाँ तो दिन रात सब एक सा रहता है

तुम जहाँ रहते हो मौसम वहीं रहता है...

तुमसे

रोशनी अब वैसी न रह गयी है
आँख मूँदकर देखो क्या मैं दिखती हूँ
हवा विश्वास के लायक न रही है
ये खोलकर न पढ़ना जो मैं लिखती हूँ
तुमसे ही बँधके रह जाती हूँ मैं
तुम्हारे चलते हीं ठेकेदारों से पिटती हूँ
प्रकृति तो माफ न करती है कोई गलती
समर्पण तो बस तुमसे मैं सिखती हूँ
अबकी बन्द कर दूँगी सब दरवाजे
वैसे तो दर्द को सिर्फ मैं ही चिखती हूँ...

ओ पुरूष

तुम जाना

तुम सब जगह जाना

पर निसंकोच लौटना मेरे पास

मैं हर स्थिति में तुम्हें स्वीकार करूँगी

मैं ही जीवन हूँ ..तुम्हारी स्थिति

मैं तुम्हारा अस्तित्व .. तुम्हारा पुनः पुनः जन्म

तुम लौटना मेरे पास हर हाल में

तुम युद्ध करना

लड़ना मरना, जीतना हारना

मैं कहती हूँ पर यह बहुत कुछ देगा नहीं

बर्बादी और तलाश के सिवा

सुख दुख हर्ष विषाद

आशा निराशा के साथ लौटना

विजित या विजेता में मेरे लिए

कोई फर्क नहीं है तुम्हारी प्रसन्नता के सिवा

जीवन के लिए लौटना तुम मेरे पास

तुम भाषा साहित्य दर्शन इतिहास

ज्ञान के पास जाना परिभाषाओं के लिए

समझना मुझे अच्छी से अच्छी तरह

हलाँकि मेरे लिए शिक्षित अशिक्षित

ज्ञानी अज्ञानी में ज्यादा अंतर नहीं है

न परिभाषाएँ ज्ञान है मेरे लिए

न शिक्षाओं से निर्देशित हूँ मैं

तुम पूरी तन्मयता से भोगना सब

और जीवन के लिए लौटना फिर फिर

तुम कोई भी व्यापार करना

चोरी डकैती नौकरी **महंथी**

व्यवसाय राजनीति कुछ भी..

तुम इकट्ठी करना सम्पत्ति खर्च करना

आविष्कार और उनका उपयोग करना

यह सब सुख सुविधा के सिवा कुछ नहीं है

और मेरे यहाँ इनका ज्यादा मोल नहीं

सुविधासम्पन्न या सुविधाहीन तुम

लालसा के साथ आना मेरे पास

जीवन के लिये तुम लौटना फिर

तुम गहन संकट में, दुख में

निराशा हताशा में भी आना घबराना नहीं

जिसका बहुत मुश्किल से दिखता है एक चेहरे

और बहुत बहुत सी संभावनाएँ बचती है तब भी

तुम्हारा विकास ही मेरी श्रेष्ठतम अभिव्यक्ति है

तुम्हारी उपलब्धि ही मेरा सौंदर्य

तुम्हारा स्तित्व ही इंतजार है मेरा

आना तुम मेरे पास आना

मैं जीवन हूँ पदार्थ की समृद्ध शक्ति

मैं प्रेम हूँ जीवन की बड़ी अभिव्यक्ति

मैं प्रकृति हूँ... ओ पुरुष

तुम लौटना मेरे पास हर हाल में...

मैं...यहाँ

कही दीया जलता है

ये रोशनी आ रही है मुझ तक

पर पता नहीं चलता है कहाँ

एक लौ उठती है

बहुत गहरे से मेरे भीतर

कुछ तलाश करती सी /यहाँ

एक छटपटाहट है

स्थिरता के विरूद्ध

बंद ये रस्ते है /जहाँ

क्या करूँ क्या करूँ

प्रश्न करती हूँ बार बार

किसके बदले क्या रखूँ /वहाँ

एक अंतहीन यात्रा में

एक निश्चित लक्ष्य के साथ मै /जहाँ कहाँ यहाँ वहाँ...

वार्तालाप से

तुम्हारी बातों का बुरा नहीं लगता
हम मिलेंगें ही फिर कभी अगले जन्म
बिछड़ गये जो इस जन्म में यहाँ हम
कोई भी हमें जुदा कर नहीं सकता
हमारा तुम्हारा जन्मों का रिश्ता है
यह झूठ भी झूठ सा यूँ नहीं लगता
हमारा गंडक के किनारे किनारे चलना
रेत के विस्तार पे परवल की खुशी
बहुत खतरनाक थे यद्यपि हमारे रास्ते
पलक झपकते ही ढह जाते कगार
पर विश्वास कहीं गिरा सा नहीं लगता
तुम्हारी बातों का बुरा नहीं लगता...

और कह नहीं सकती

जिनके साथ बनता है मेरा संसार.

वही क्यों इतना बदलते हैं.

धुंधलके के साथ

मन में उतरता है भय

ज्ञात और अज्ञात दोनों तरफ से

धीरे धीरे और बढ़ता है.

आखिर क्यों

बदल जाती है क्या दुनिया अंधेरों में

या कि ऐसा हमारा मन बना है

संसार के बितान और मेरे बीच

ऐसा क्या तना है....क्या भूत

कि जिसको सूरज तोड़ नहीं सकता

कि जीवन छोड़ नहीं सकता

और अब तो खुल रहे हैं राज

बदल रही हैं परिभाषाएँ, मान्यताएँ गढ़ी

पता चलता है कि अंधेरा ही ज्यादा है

और अस्तित्व उस पर ही टिका है

कि पदार्थ तो अविनाशी है

परिवर्तित होते है मात्र

मर जाती है इसपर टिकी प्रतिक्रियएँ

आत्मा मर जाती है

अब तो नया एकदम नया है सत्य

यह ज्ञान की सीमा में एक खेल है भावनाओं का

कि कल्पनाएँ खोजती रहती है इस चोर को

वस्तुनिष्ठा और आत्मनिष्ठा की गली में

और अब हम देख सकते हैं नये संध्या और भोर को

भ्रम और यथार्थ को हम ढाँप सकते हैं

नवजीवन, प्रेम का उल्लास या लज्जा से

उषा की लालिमा से बाँधते इस डोर से

और आशा को आकर्षित कर सकते है

कल्पना के रंग बिरंगी चादरों से ढक दुखों को

एक नये संसार की रचना संभव है

जिसमें वर्तमान नहीं भविष्य सच होगा

जैसा स्वर्ग की, की थी हमने कल्पनाएँ

वैसा ही नया जीवन रचा होगा

एक नये काल्पनिक यथार्थ की दुनिया

हलाँकि कह नहीं सकती कैसी होगी यह

अनिश्चित कल्पनामय यात्रा

यह और कितना भंयकर है यह डर भीतर

कि ऐसा हमारा मन बना है...

बचा रहता है

गालियाँ बनी जो

जीवन की उत्कृष्टतम अभिव्पक्ति है

प्रतीक जो /हेय बनाते हैं मुझे......

संसार जिसे /चाहिए एक शरीर

जो अनन्त संभावनाओं के अवसर देता हुआ भी

सीमित करता है

काली रात और स्वर्णिम सुबह

यथार्थ भोग और सृष्टि

हलाँकि मूल है यह देह आकर्षण में

आकर्षण के लिए

एक कठोर वर्तमान एक स्वप्निल भविष्य

पर मैं क्यों रुकी हूँ इस अलंघ्य सीमा में

मान अपमान के इस लक्ष्य से

क्यों यही मेरा धर्म इमान हुआ....

जो विशिष्टताएँ हैं मेरी

प्रेम, करूणा, सहनशीलता, धैर्य, सृजन

तुमने सबको कमजोरी बना दिया मेरा

अतिरेक में गढ़ी परिभाषाएँ

पर मैं सबकुछ समाप्त होने देना नहीं चाहती

बदलने का करती धैर्यपूर्वक इन्तजार

जाने कहाँ रुकता है तुम्हारा व्यापार

शंका, भय, असुरक्षा....बढ़ते बाजार से घिरी

समझ नहीं पा रही मृत्यु का छल....

मैं उपेक्षित सृष्टा

समझ नहीं पा रही अपनी भूल

कहाँ से मैं स्वकेन्द्रित हो गयी

कैसे प्रेम झीना हो गया

कि इतनी कमी कहाँ से आ जाती है तुझमें

कि विचार, आचरण, उपलब्धियाँ सब विपरीत

हेय बनाती है मुझे ही

पर फिर भी बचा रहता है मेरा इन्तजार

बची रहती हैं मेरी आशाएँ....

मैं

अग्निखोर पक्षी मन बेचैन

कौन हूँ मैं

प्रश्नों की धरती पर

बटोर रही अनुभवों को

तेजी से घटते हुए काल का

मैं भूत होता वर्तमान हूँ

जो अगले क्षण शून्य हो जायेगा

पर मेरे भीतर अनन्त संभावनाओं वाला

भविष्य बनता हुआ वर्तमान है बंद दरवाजे में

जो पुरूष चाभी से खुलेगा

सावित्री ने काल के साथ चलते हुए जाना

कि सत्यवान को सिर्फ भविष्य ही बचा सकता है

जो मेरे भीतर है..

मैंने मेनका को वापस इन्द्रपुरी लौटते देखा

और विश्वमित्र को कौशिकी की तरफ

शकुंतला को लिये कण्व

भविष्य के लिए चिन्तित थे

और मेरे सामने गलीज वैतरणी बह रही थी

क्या स्त्रियों का रूप लावण्य

पुरूषों को अवश करने के लिए है

स्वतंत्र भोग /सत्ता के सारे रूपों का

लो उर्वशी ने अर्जुन को दिया नपुंसकता का शाप

क्या मेनका स्वतंत्र है और शकुन्तला..

मैंने देखा गंगा अपने पुत्रों की हत्या कर रही है

स्वीकार का साहस तक नहीं है

ढकती इसे मुक्ति की कथा रच

वह भोग रही है सारे सुखों को

क्या स्वतंत्रता है यह.....

शान्तनु उद्विग्न है भविष्य को देखकर

सत्यवती ! क्या शादी न कर भीष्म स्वतंत्र है

मुझे तो दिखता है

स्वतंत्रता प्रकृति के बाहर जाकर असम्भव है

आज व्यक्ति की स्वतंत्रता व्यवस्था से संक्रमित है

इसीलिए एक मुक्ति की कामना है छटपटाती

और इससे बाहर प्राकृतिक रूप में होना

मुक्ति होगा शायद

सीता लव कुश को छोड़ धरती में समा रही है

राजा राम विलख विलख रोक रहे हैं धरतीपुत्री को

वह रुकती नहीं

रुकती है धरती कभी

मैं धरतीपुत्री हूँ प्रश्नों की...

प्रेम यह

जमीन गड्ढों से पटी

हवा में बेचैनी साँसों में व्याकुलता

पेड़ भयभीत आकाश अविश्वसनीय

अजीब-सा दर्द हड्डियों में

कंपकंपी दिल में है

हर समय कह रहा कोई न कोई

जीवन यहाँ मुश्किल में है

पर हम बंद नहीं कर पा रहे दरवाजा

जो तुम्हारी आहटों से ही खुल जाता है

उषा की तरह

हृदय दूब नोक बिद्ध ओस बूँद

और मन अनियंत्रित निकल जाता

खोजता स्पर्श एक शून्य की जमीन तक

अनुकूल और प्रतिकूल की चेतना खोकर

कैसे हालात हैं रुकता नहीं बढ़ता ही बढ़ता

झेलता सब मार सब भार

चट्टानोंको तोड़ जैसे निकलता धार

प्रेम यह बह रहा पास के सबकुछ डूबोता निर्भय

कैसे हालात हैं ...

मैं लड़ रही हूँ बचाने के लिए

जंगल की तरफ जाता था राजा

पशुता से मिलने

जीतने के गर्व के लिये

जंगल की तरफ जाते थे लोग

बीती स्मृतियों के दबाब में

जीवन की खोज में

जो जंगलों ने दिया था हमें

सूरज गवाह है

उन दिनों भी हम

जाते थे जंगल

प्रकृति के साथ उन्मुक्त रहने को

प्रेम के विस्तार के लिए

संसारिकता को आमंत्रित करने..

यह सृष्टि उर्जा के गतिमानकण

स्फुलिंग की संभावित क्रियाओं का खेल

जो पुनः उर्जा बनते हैं

या थोड़ा भिन्न बड़े कम गतिमानकण

अतिसूक्ष्म से विशालतम यानी

टाइकून से विशाल ब्रह्माण्डीय पिण्ड तक

दूर और नजदीक का जुड़ाव

द्रव्यमान और गुण का संबंध

यह नाश और निर्माण का अनन्त क्रम

हम इसके एक पात्र मात्र

यहाँ इस पृथ्वी पर ...

शुरू के दिनों में

वरुण से लिया जलकेतु

समुद्र और नदियों के लिये

प्रजापति ने दिया बीजपिण्ड

जिससे धरती ने बनाया था जंगल

विस्तार कर

और हमारी यात्रा शुरू हुई थी

यहीं से खुली हवा की ओर

और जैसे जैसे हम आगे आये

पुकारते रहे जोर जोर से अतीत को

हम जंगल को पुकारते रहे तरह तरह से

विभिन्न परिस्थितियों में बारबार

हवा पानी आग मिट्टी और अनुभूति

और व्याख्यायित करते जीवन और

प्रकृति के संबंध

पर रचते संवारते दुनिया को

हम जंगल को पुकारते रहे बारबार

भय और अस्तित्वबोध के साथ

और आज जब हम स्वतंत्र हुए

एक सुन्दर निर्माण को प्रयासरत

जंगल खुद ही प्रगट हुआ

भीतर से

दरकते दीवार और फटती नींव के साथ

हलाँकि इस भयावह खण्डहर समय में भी

दिखते है कुछ शिलाखण्ड संवेदना

कुछ स्तम्भ दायित्वबोध

और जुगनू आशाएँ

और मैं लड़ रही हूँ बचाने को

दूरी जो कितने परिश्रम से

कितने बरसों में

अनंत कष्टों से

तय किया है हमने

कटकर गिर गये हैं बहुत

बहुत सारे हथियार

मैं लड़ रही हूँ टूटे चक्के से फिर भी

असंख्य महारथियों से घिरी

स्वजन और परिजन का अंतर भी मुश्किल जब

कभी कभी तो स्वयं से ही लड़ती हूँ

हजारों सालों से चल रहे इस युद्ध में

निहत्थी, लाचार ...

जबकि राम का भी बहुत चेहरा है

कृष्ण भी छल करता रहा है

महाकाल मुझे देख ध्यानस्थ हो गया

धरती खोखली हो गयी

नदियाँ उद्णम से ही खो गयी

एक अनंत मजबूरी है

जिसके क्षितिज पर निकलता है सूरज

और दिन समाप्त होने लगता है

लगातार वहीं से

सावित्री तू तो पार किये गहन अंधकार

बुद्ध ने तो देखा था मृत्यु

गहन अंधकार में एक छलांग सी

मृत्यु की अनिवार्यता शाश्वतता

पर तू तो आगे गयी ईश्वर तक

तूने देखा ईश्वर चिरंतन भविष्य है

स्मृति भूत और उपलब्ध वर्तमान में

मापा समय की सत्ता

और बचा लिया

एक पल भी मोक्ष की तरफ झुके बिना

बच्चों को बचा लिया

भविष्य को बचा लिया

पर वर्तमान के बिना कहाँ टिकता वह

वर्तमान को बचा लिया यम से लड़कर

क्योंकि मृत्यु तो नहीं जा सकती भविष्य तक

और भविष्य के साथ ही छूट गयी भूत से भी...

तू तो गयी थी राजमहल से

जंगल...और पार आकाश तक

पर रास्ते और हैं इधर यहाँ

जहाँ पहाड़ से बने हैं रास्ते

और रास्ते ही घर

आकाश सवांदिये सछेद

और पेड़ किताबें हैं सखेद

और आदमी माने करूणा की नदी

वा प्रेम का समुन्दर /एकदम सूरज सा

साथ ही साथ घटता एकाएक भूस्खलन

बंद सारे रास्ते

थरथराती धरती गर्द गुब्बार से ढकी

टूटी कराहती...

हलाँकि सीता और द्रौपदी थी यहाँ

पर न मूल्यों की रक्षा

न नवमूल्यों की सृष्टि

न मर्यादा की स्थापना

आवश्यक और सम्भव मुझसे आज

मैं तो सहज स्वीकार चाहती हूँ

सामाजिक सम्बंधों का..

नियमों का धीरे धीरे खत्म होता

और आवश्यक का प्रगट होना अन्तस् से

मनुष्य का धीरे धीरे पूर्ण सामाजिक होना.

मैं भूत की लड़ाई नहीं लड़ना चाहती हूँ आज

एक सर्वनाश का आह्वान

बर्बरता को सौंप देना भविष्य

दर्द गांधारी से नहीं उत्तरा से पूछो...

और यह तो गंगोत्री की बात है.

कितनी जमीन कट गयी तब से ...

हलाँकि आज भी चल रही हैं कुछ लड़ाईयाँ ..

गर्भपात के अधिकार

बलात्कार के लिए सख्त सजा कानून

विवाह, तालाक, संपत्ति के अधिकार

या बराबरी के लिए लड़ाई जैसी...

औरतों का मर्दो द्वारा शोषण की

मुक्ति की बात करते हैं वे

स्पतः भटकाव है ये

मूल्यहीनता के परिणाम

व्यैक्तिकता का परिणाम

अज्ञानता का परिणाम है यह

व्यवस्था की अवैध संतानें,

प्राकृतिक रूप में शोषण तो

बुद्धि का खेल एक

जिसमें कमजोर प्रतिपक्षी होता है

दैहिक बौद्धिक, भौतिक उपलब्धियों में

हर स्तर पर सक्रिय यह

और यह तबतक रहेगा

जबतक लेना सार्वजनिक शर्म

और देना सम्मानजनक न बन जाये

सहयोगपूर्ण आत्मविकसित समाज के होने तक.

मैंने स्वच्छन्दता को जीया है

मैं वासवदत्ता भी रही हूँ. स्वंयवरा भी

मैंने ही स्वीकार किया है बंधन

मैंने ही सहयोग के लिए बांधा है

मैंने हीं पैदा की है संभावनाएँ..भविष्य..

मुझे याद है पत्थर बन मैंने

शंकर के भीतर की शिला तोड़ी

प्रेम पैदा किया....शिव बनाया उसे

मैंने हीं जंगल से, शमशान से लाया उसे बांध कर

इस अनन्त संभावनाओं की जमीन तक

मैंने ही तो मोह और भय पैदा किया उसमें

और घर बनाने के लिए कहा

मैंने उसकी रचनाशीलता को रचा पुनः पुनः

यह प्रेम है जो बनाता है संकल्प

यह संकल्प है जो संबंध है

और संबंध हीं पैदा करता है व्यवस्थाएँ.

कोई दण्ड व्यवस्था पैदा नहीं कर सकता

कानून से नहीं बनता बदलता समाज

कानून तो स्वयं भूत की अनुभूतियाँ हैं

जो बेकार सा हो जाते हैं अस्तित्व में आते आते

सिर्फ बचते हैं उनकी रूढ़ियाँ दण्डविधान

सत्ता के हथियार के रूप में

संवेदनशीलता के बिना सहानुभूति के बिना

अगर कहीं दिखता है यह तो वह

ऊपरी दिखावा है, भय है

मैं तो कहती हूँ कि मैं ही हूँ प्रकृति

अपने को उद्घाटित करती रचती शक्ति में

और मैं ही हूँ उनकी मादा

मरती उसके बिना

और कहाँ टिकेगा उसका अस्तित्व

मेरे बिना

इसी लिये साध रही हूँ नट सा संतुलन

खोज रही हूँ कड़ी जमीन प्रकाशभरी

जहाँ सम्भावनाएँ उतर सके

क्योंकि यह लड़ाई

जीतने या पाने के लिये नहीं

बल्कि बचाने और स्मृद्ध करने के लिये है...

www.ingramcontent.com/pod-product-compliance
Lightning Source LLC
Chambersburg PA
CBHW031137160726
47987CB00026B/1266